LE

MARIAGE DE FIGARO

HISTOIRE

DE LA

REPRÉSENTATION DU 27 AVRIL 1784

PAR

MM. POREL ET MONVAL

DU THÉATRE NATIONAL DE L'ODÉON

———❖———

PARIS

IMPRIMERIE JULES CLAYE

A. QUANTIN, SUCCESSEUR

RUE SAINT-BENOIT

1877

LE
MARIAGE DE FIGARO

HISTOIRE

DE LA

REPRÉSENTATION DU 27 AVRIL 1784

PAR

MM. POREL ET MONVAL

DU THÉATRE NATIONAL DE L'ODÉON

PARIS

IMPRIMERIE JULES CLAYE

A. QUANTIN, SUCCESSEUR

RUE SAINT-BENOIT

1877

LE

MARIAGE DE FIGARO

OU

LA FOLLE JOURNÉE

Voici peut-être la comédie la plus vivante du répertoire français, l'imbroglio où l'action se noue et se dénoue avec le plus d'adresse, la satire dans laquelle l'auteur, caché derrière ses personnages, décoche contre la censure des écrits, la vénalité, l'arbitraire et l'incapacité, les traits les plus acérés de l'esprit du xviiie siècle. « Il fallait un calculateur, ce fut un danseur qui l'obtint. — Il n'y a que les petits hommes qui redoutent les petits écrits. — Que les gens d'esprit sont bêtes. — Courtisan, on dit que c'est un métier difficile. — Recevoir, prendre et demander, voilà le secret en trois mots, etc. » Que de répliques étincelantes, que de vérités enveloppées dans une jolie phrase.

Beaumarchais avait mis trois ans à faire jouer son *Barbier de Séville,* qui, vivement poursuivi, censuré quatre fois, cartonné trois fois sur l'affiche, dénoncé même au Parlement, fut donné enfin à la Salle des Tuileries, le 23 février 1775. L'auteur dut déployer plus d'esprit, d'audace et de volonté, neuf ans plus tard, pour en faire représenter *la suite,* qu'il ne lui en avait fallu pour la faire. *La Folle Journée,* de l'aveu même de Beaumarchais, resta cinq ans en portefeuille[1]. On en parlait déjà dans les cercles, dans

---

1. Préface de la première édition.

les foyers des spectacles et les petits soupers, comme d'un
pot-pourri rempli d'esprit, de gaieté, de hardiesse ; mais
les Comédiens français, brouillés avec l'auteur [1], n'en avaient
point encore de notion positive. Ils l'arrachèrent à Beaumarchais [2], qui dut batailler quatre ans pour la faire représenter [3], et c'est le récit de ce combat que nous allons
entreprendre.

En septembre 1781, il est question, dans les journaux,
de représenter *le Mariage de Figaro*, « suite du *Barbier
de Séville* », reçu au théâtre le samedi 19 de ce mois.

En octobre, Beaumarchais le lit au comte de Maurepas.
Les récits élogieux qu'en font les Comédiens rendent toutes
les sociétés avides de l'entendre. L'auteur porte son manuscrit chez Mme de Richelieu et dans les premiers salons de
Paris. Fleury dit avoir assisté, en compagnie de M. le comte
de Lauraguais [4], à une lecture qui s'en fit chez Mme la duchesse de Villeroi, et où il y avait foule.

En octobre 1782, on publie « la romance du petit page »,
qui fait fortune à la Cour, puis à la Ville. Tout le monde la
sait à la Muette ; la reine la chante souvent [5].

Enfin, le 10 mars 1783, les rôles étant depuis longtemps
distribués aux acteurs, Leurs Majestés veulent connaître la
pièce ; Mme Campan la lit sur un manuscrit de l'auteur ; le
roi la déclare injouable [6].

Les répétitions sont suspendues, et cependant, le mois
suivant, la Comédie reçoit l'ordre d'apprendre, « pour le
service de Versailles », la *Suite du Barbier de Séville*.
Louis XVI ne voulait pas accorder la permission de repré-
ser *le Mariage de Figaro* dans sa capitale, mais il pensait

---

1. Depuis 1777, au sujet des droits du *Barbier de Séville*.
2. Préface du *Mariage de Figaro*.
3. *Idem.*
4. Le même qui avait obtenu la suppression des bancs sur le théâtre.
5. Il en paraît huit couplets dans les *Mémoires secrets*.
6. *Mémoires* de Mme Campan, tome Ier.

que la pièce pouvait être jouée sans danger à la Cour[1].
C'est ainsi qu'un siècle en arrière, Louis XIV défendait à
Tartuffe de paraître sur le théâtre public du Palais-Royal,
mais l'admettait avec faveur aux fêtes de Versailles et per-
mettait à Molière de le représenter à Villers-Cotterets pour
Monsieur, aux châteaux du Raincy et de Chantilly pour le
prince de Condé.

On parla d'abord, pour la première représentation du
Mariage de Figaro, des Petits-Appartements, puis de
Trianon, puis de Choisy, puis de Bagatelle et de Brunoy.
Une trentaine de répétitions, les premières fort secrètes,
les douze à quinze dernières à peu près publiques, se firent
sur le théâtre de l'Hôtel des Menus[2], et la première représentation de « cette farce », pour parler comme le gazetier
des *Mémoires secrets*, fut fixée au vendredi 13 juin 1783.

Aussitôt seigneurs et grandes dames de briguer les
loges des Menus-Plaisirs pour cette solennité. Tout Paris se
dispute les billets, jolis cartons taillés en losange et rayés
« à la Marlborough[3] », avec la figure gravée de Figaro
dans son costume.

Le grand jour arrive : à midi, M. le duc de Villequier
fait signifier à tous les acteurs de la pièce de s'abstenir d'y
jouer, sous peine de désobéissance et conformément à un
ordre écrit du roi. M. le comte d'Artois, qui s'était mis en
route pour le spectacle, n'apprit l'interdiction de la pièce
qu'à son arrivée à Paris. A six heures, il fallut renvoyer des
Menus six à sept cents voitures ; ce fut presque une affaire
d'État. Le lendemain, M. Lenoir, lieutenant de police, fit
défense expresse à tous les Comédiens du roi, soit Français, soit Italiens, d'exécuter *le Mariage de Figaro*, en au-

1. Beaumarchais avait distribué les rôles et faisait répéter pour jouer, à
Maisons, chez M. le comte d'Artois.
2. Le théâtre des Menus-Plaisirs dépendait de la maison du roi : c'est
aujourd'hui la salle du Conservatoire de musique et de déclamation.
3. C'est-à-dire rouge et noir, mode de l'époque.

cun lieu et pour qui que ce fût, « à peine d'encourir l'indignation de Sa Majesté ».

Beaumarchais en fut pour ses frais de répétitions, dont le total s'éleva à 10 ou 12,000 livres, qu'il paya. Il fit tous ses efforts pour se laver des reproches adressés à sa pièce, et ne se découragea pas : « des ennemis et des obstacles, disait-il, et je réussirai[1] ». L'ex-ministre Amelot lui dit un jour : « La grande raison pour que votre comédie ne soit pas jouée, c'est que le roi ne le veut pas. — Si ce n'est que cette raison, répondit Beaumarchais, ma pièce sera jouée. » Elle le fut, en effet, trois mois plus tard, le vendredi 26 septembre, avec l'approbation d'un censeur (M. Gaillard, de l'Académie française), à Gennevilliers, chez M. le comte de Vaudreuil[2]. La pièce obtint le plus vif succès devant l'élite de la cour, en présence de la reine, de la duchesse Jules de Polignac, du comte d'Artois et de quelques dames parmi les intimes de Sa Majesté, en tout trois cents spectateurs. On a prétendu que le futur Charles X ne partagea pas l'enthousiasme général, et qu'il aurait même formulé son jugement en deux syllabes trop énergiques. La pièce avait subi, pour cette épreuve, quelques changements, corrections et adoucissements de peu d'importance.

Le 24 février 1784, Beaumarchais en fait une dernière lecture chez M. le baron de Breteuil, ministre de Paris, devant MM. Gaillard, Chamfort, Rulhière, Mme de Mati-

---

1. Reconnaissez là l'homme qui disait à la duchesse de Bourbon : « Quand je veux une chose, j'y arrive toujours : c'est mon unique pensée, je ne fais pas un pas qui ne s'y rapporte, c'est pour moi une question de temps. Je finis toujours par réussir, et alors je suis deux fois satisfait, et par la réussite de mon désir, et par la difficulté vaincue. » Infatigable athlète, actif quand il est aiguillonné, aimant la lutte et la provoquant au besoin; paresseux et stagnant après l'orage, voilà comme il s'est peint lui-même. Son emblème était un tambour avec cette devise : *silet nisi percussus* (il se tait s'il n'est battu).

2. Le meilleur acteur de société qu'il y eût à Paris : comédien ordinaire du théâtre de Trianon, où il avait eu l'honneur de chanter le *Devin de village* à côté de Marie-Antoinette.

gnon (fille de M. de Breteuil), et deux ou trois autres personnages.

De ce jour, la défense est levée, les répétitions sont reprises en plein carnaval; le 31 mars, Beaumarchais a la permission de faire jouer sa pièce[1], et le mardi 27 avril, huit jours après la rentrée de Pâques, a lieu la première représentation publique à la nouvelle salle de la Comédie-Française.

Dix heures avant l'ouverture des bureaux, la capitale est aux portes de la Comédie[2]. Les avenues du théâtre sont encombrées, et non-seulement les amateurs et curieux ordinaires, mais toute la Cour, mais les princes du sang, mais les princes de la famille royale semblent s'être donné rendez-vous au faubourg Saint-Germain. Beaumarchais reçoit en une heure quarante lettres de gens de toute espèce qui le sollicitent pour avoir des billets d'auteur et « lui servir de battoirs ». M^m la duchesse de Bourbon envoie, dès onze heures, des valets de pied au guichet attendre la distribution des billets indiquée pour quatre heures seulement. A deux heures, Mme la comtesse d'Ossun est là; Mme de Talleyrand paye triple une loge; des cordons bleus, confondus dans la foule, se coudoient avec des savoyards, afin d'acheter des billets d'amphithéâtre quinze ou vingt fois leur valeur; des femmes de qualité s'enferment dès le matin dans les loges des actrices, y dînent, et se mettent sous leur protection dans l'espoir d'entrer les premières : entre autres, la grosse marquise de Montmorin, dans la loge de Chérubin. On a parlé de trois cents

---

1. A cette date, Beaumarchais écrit au Roi : « Depuis longtemps les Comédiens français sont privés d'ouvrages qui leur donnent de grandes recettes; ils souffrent, et l'excessive curiosité du public sur *le Mariage de Figaro* semble leur promettre un heureux succès. Cependant l'auteur désire que la première représentation de cet ouvrage, qui attirera un grand concours, soit donnée au profit des pauvres de la capitale. » *Correspondance*, mars 1784.

2. *Mémoires de Fleury*.

personnes ayant usé de ce stratagème : nous aimons à croire, pour les comédiens nos prédécesseurs, que ce chiffre est exagéré.

La salle prise d'assaut, la garde dispersée, les portes enfoncées, des grilles de fer même brisées, trois malheureux étouffés à l'ouverture des bureaux, des luttes, du bruit, du scandale : Beaumarchais triomphait dans son élément !

La salle fut bondée en un clin d'œil [1]; aux premières loges, le public habituel du Petit-Trianon : les princesses de Lamballe, de Chimay, l'aimable duchesse de Polignac, la nonchalante Mme de Lascuse, Mme d'Avaray, la spirituelle marquise d'Andlau, la comtesse de Châlons, Mme d'Estournel, la duchesse de Lauzun, et la gracieuse M^{m} de Senneterre ; Mmes de Laval, d'Esparre, d'Escars, la comtesse de Balby ; Mmes de Simiane, de Lachâtre-Matignon et Dudrenem, dans une même loge ; aux balcons, la Duthé, Carline et Cie. Quel public d'élite ! Quelle bonne fortune pour nos *reporters* d'aujourd'hui !

Le vice-amiral bailli de Suffren, de retour en France depuis quelques jours, reçoit à son entrée dans la salle une ovation des plus enthousiastes ; même accueil à Mme Dugazon, relevant de maladie.

A cinq heures et demie, la toile est levée : Dazincourt et Contat sont en scène. Préville avait fait distribuer à Dazincourt le Figaro du *Mariage*, que Beaumarchais destinait naturellement à l'inimitable barbier de 1775 ; mais neuf ans s'étaient écoulés, l'âge avait affaibli la mémoire de Préville, et à soixante-trois ans représenter l'amoureux de Suzanne, c'était difficile ! Le grand comédien se chargea du rôle secondaire de Brid'oison [2], où Dugazon ne tarda pas à le dou-

_____

1. « A peine la moitié de ceux qui assiégeaient les portes depuis huit heures du matin a-t-elle pu parvenir à se placer ; la plupart entraient par force en jetant leur argent aux portiers. » Grimm, *Gazette littéraire*.

2. Du très-corruptible conseiller Goëzman il a fait don *Guzman* Brid'oison.

bler. De son côté, Dazincourt avait décidé l'auteur à confier le rôle de Chérubin à Mlle Olivier, jeune et jolie blonde aux yeux noirs, qui y fut ravissante : Molé, avec sa souveraine autorité, joua le rôle du Comte ; le gros des Essars, Bartholo ; Vanhove, Bazile ; Belmont, Antonio ; Mlle Sainval, la Comtesse ; le tragédien Larive se chargea du petit rôle de Grippe-Soleil, qn'il céda bientôt du reste au comique Champville. « Jamais pièce aussi difficile n'avait été jouée avec autant d'ensemble », dit l'auteur dans sa préface[1]. Trente ans plus tard, Népomucène Lemercier constate ainsi ce triomphe dont il fut témoin : « L'ensemble vraiment éblouissant que présenta *la Folle Journée* est un de ces prodiges qu'on ne s'imagine plus, et qui mit la critique en déroute[2]. »

Le succès se dessine, grandit, s'affirme malgré quelques huées et les sifflets, très-modérés d'ailleurs, de la cabale. La recette fut de 5,698 livres 19 sous. (Registre de la Comédie.)

Monsieur, qui n'aimait pas les spectacles, parut s'ennuyer beaucoup. Le comte d'Artois resta — disent les uns — sur l'impression de Gennevilliers ; d'autres l'ont présenté comme le protecteur de Beaumarchais.

On ne sortit du spectacle qu'à dix heures et demie, heure indue à cette époque. Enfin, *Figaro* était représenté et, comme l'a écrit Charles Nodier, la Révolution était faite.

---

1. « Je dois beaucoup — écrivait-il le 19 mai 1784 à Mlle Montansier — au zèle des comédiens de la Reine et du Roi, lesquels jouent ma pièce beaucoup mieux peut-être que la comédie ne l'a été depuis trente ans. »
Préville et surtout Dazincourt eurent beaucoup de peine à obtenir de l'auteur la suppression de certaines *gamineries*, dignes peut-être des tréteaux et des parades de la foire, mais assurément déplacées dans la maison de Molière, telles que : « Bonjour, cher docteur de mon cœur, *de mon âme et autres viscères.* » (acto Ier) ; et plus loin, acte IV, à Bazile : « Si vous faites mine seulement d'approximer madame, *la première dent qui vous tombera sera la mâchoire, et, voyez-vous mon poing fermé ? Voilà le dentiste !* »
2. *Du second Théâtre-Français*, p. 76.

« Oui, sans cette comédie, le peuple n'eût pas appris sitôt peut-être à secouer ce respect de servitude que les grands avaient imprimé sur la nation entière. On osait applaudir la satire, parce qu'on s'essayait à mépriser l'autorité[1]. »

Le lendemain, un journal écrivit que « la seule présomption d'occuper le public français, pendant plus de quatre heures, avec une farce aussi dégoûtante, méritait d'être sifflée; qu'on ne savait ce qu'admirer le plus, ou de l'impudence du sieur Beaumarchais ou de la patience des spectateurs [2] ». Le même gazetier se plaint ensuite de « l'abus continuel de l'esprit dans cette nouvelle facétie comique; des obscénités, des flagorneries pour le parterre et surtout du style, qui est tout à fait vicieux et détestable »; il conclut en disant que le poëte paraît avoir eu pour but véritable d'insulter à la fois au goût, à la raison et à l'honnêteté publique, et qu'en cela il a parfaitement réussi.

Cette œuvre, qui tient de la satire, du factum, du pamphlet et du plaidoyer dans trois actes, de la comédie et du drame dans les deux autres, est de celles qui font époque dans l'histoire du théâtre plutôt à cause de leur retentissement, de leur vogue et de leur portée, que par les beautés réelles dont elles sont pleines. Ce fut un véritable événement politique.

Pierre-Augustin Caron de Beaumarchais avait alors cinquante-deux ans [3]. Sa vie entière fut une lutte qui, commencée devant les parlements, continue au théâtre et finira devant la Convention nationale [4].

1. Daru. *Discours à l'Académie*, 13 août 1806.
M. Saint-Marc Girardin a dit que « *le Mariage de Figaro* est un des coups les plus rudes qui aient ébranlé la vieille société ».
2. *Mémoires secrets*, 1er mai.
3. Il était né le 24 janvier 1732, rue Saint-Denis.
4. *Ma vie est un combat*, disait Beaumarchais, prenant pour devise cet hémistiche du *Mahomet* de Voltaire.

Raccourcie d'une demi-heure à la seconde représentation, la pièce est donnée trois fois en quatre jours. A la cinquième, le jeudi 6 mai, on avait fait courir le bruit que la Reine viendrait au spectacle : avant le lever du rideau, il se détacha des quatrièmes loges et du cintre quatre ou cinq cents imprimés qui se répandirent en voltigeant dans la salle : « Ce fut à qui en aurait, les femmes en demandaient à grands cris, les spectateurs du parquet en présentaient aux loges au bout des cannes; des plaisants y mettaient du papier blanc ou même des polissonneries; tous les crayons étaient en l'air pour copier; c'étaient des cris de joie, des brouhahas, un tumulte, une farce qui valait mieux que celle de *Figaro* et qui amusait tellement le public, que la représentation en a été reculée pendant plus d'une demi-heure[1] ».

C'était un épigramme anonyme[2] contre la pièce et l'auteur; un orateur du parterre se leva pour lire ces vers, qui furent sifflés. Beaumarchais les publia lui-même le surlendemain dans une lettre adressée au *Journal de Paris*; mais comme sa version diffère en plusieurs points de celle que nous avons sous les yeux, nous croyons utile d'en donner le texte en entier[3] :

> Je vis hier, du fond d'une coulisse,
>   L'extravagante nouveauté
>   Qui, triomphant de la police,
> Profane des Français le spectacle *enchanté*.
> Dans ce drame *honteux* chaque acteur est un vice,
> *Bien personnifié dans toute son horreur.*
>   Bartholo nous peint l'avarice;
>   Almaviva, le suborneur;
>   Sa tendre moitié, l'adultère;
>   *Le* Doublemain, un plat voleur;
>   Marceline est une mégère;
>   Bazile, un calomniateur.
> Fanchette... l'innocente est *trop* apprivoisée.

1. *Mémoires secrets*, 8 mai.
2. On l'attribua au chevalier de Langeac.
3. Les variantes sont en *italiques*.

> Et, *tout brûlant d'amour, tel qu'un vrai chérubin,*
> *Le page est, pour bien dire, un fieffé libertin,*
> *Protégé par* Suzon, *fille* plus que rusée,
> *Prenant aussi sa part du gentil favori,*
> Greluchon *de la femme* et mignon du mari.
> Quel bon ton! Quelles mœurs cette intrigue rassemble!
> Pour l'esprit de l'ouvrage... il est chez Brid'oison;
> *Et, quant à* Figaro... le drôle à son patron
>   Si scandaleusement ressemble,
>   Il est si frappant qu'il fait peur
> *Mais,* pour voir à la fin tous les vices ensemble,
> *Le parterre en chorus a* demandé l'auteur.

Après la première, on avait dit à Sophie Arnould :
« Mais c'est une pièce qui ne peut pas se soutenir. — Oui,
répondit-elle, c'est une pièce qui tombera... quarante fois
de suite[1]. » Sophie Arnould se trompait de moitié : à la
quatre-vingt-unième, il y avait autant de monde qu'au
premier jour. Le turbulent auteur surexcite l'engouement
et la curiosité : on se précipite aux représentations de son
Mariage, comme on s'était arraché ses *Mémoires.* On
affluait même de la province et de l'étranger. Heureuses
les pièces persécutées! *La Folle Journée* fut représentée
soixante-sept fois jusqu'au 31 décembre 1784, et soixante-
seize fois jusqu'au 12 mars 1785, époque de la clôture
annuelle. Elle mit un demi-million dans la caisse de la
Comédie. Les trente premières recettes donnèrent, pour
leur part, 150,000 livres[2]. Il faut remonter au *Timocrate*
de Thomas Corneille, qui obtint, en 1656, au Théâtre du
Marais, quatre-vingts représentations consécutives, pour
trouver un succès pareil[3].

1. « Il y a quelque chose de plus fou que ma pièce, disait Beaumarchais,
c'est son succès. » Il écrivit à M. de Breteuil : « Si l'on juge de la bonté d'un
mariage par ses obstacles, aucun n'en a tant éprouvé que *le Mariage de
Figaro.* »

2. Les parts de sociétaires furent de plus de 30,000 livres.

3. Toutes les chansons satiriques du temps paraissent sur l'air du vaudeville final du *Mariage de Figaro.* On porte aussi des modes « à la Marlborough », des bijoux « à la Figaro ». Le 14 juillet, *la Folle Soirée,* parodie
de *la Folle Journée,* est interdite aux Italiens. Le 4 novembre, la fameuse

Aux approches de la cinquantième, en août, Beaumarchais, pour doubler ce cap des tempêtes, eut recours à l'effet toujours sûr de la bienfaisance : il donna cette représentation « au profit des mères qui nourrissent[1] ». La recette fut de 6,397 livres 2 sols[2].

A cette occasion, on trouva dans le vestibule, collé sur le piédestal du *Voltaire* de Houdon, le quatrain suivant :

> De Beaumarchais admirez la souplesse.
> En bien, en mal, son triomphe est complet :
> A l'enfance il donne du lait,
> Et du poison à la jeunesse !

A la soixante-onzième, le 27 janvier 1785, un autre quatrain, mais plus aimable :

> Pourquoi crier tant haro
> Sur l'éternel *Figaro?*
> Chez nous *la Folle Journée*
> Doit être au moins d'une année !

Ce ne furent pas les seuls vers inspirés par *Figaro*. Beaumarchais, qui les recueillait avec soin, au bout de six mois, en avait fait tout un gros volume, richement relié en maroquin pourpre, portant ce titre en lettres d'or : *Matériaux pour élever mon piédestal.*

Vers la soixante-quatorzième, à la suite d'une polémique ardente, élevée tout à coup entre M. Suard, rédacteur du *Journal de Paris*, et Beaumarchais[3], ce dernier fut arrêté et conduit en prison, non à la Bastille mais à Saint-Lazare, où l'on mettait alors les filles perdues et les prêtres liber-

---

Olympe de Gouges donne aux Italiens *les Amours de Chérubin*, comédie en trois actes, en prose, mêlée de vaudeville et de musique, qui tombe à plat.

1. Trois années plus tard, Marie-Antoinette, dans la même pensée, fondait *la Société de charité maternelle.*

2. Émilie Contat fit son premier début, à la cinquante et unième, dans le rôle de la Comtesse.

3. Voyez Sainte-Beuve, *Lundis*, t. VI, page 193.

tins. Pendant cet emprisonnement inique, obtenu, dit-on, par Monsieur, comte de Provence, on publia des contrefaçons de la pièce nouvelle, dont la première édition ne parut qu'en mars 1785, avec la spirituelle préface que l'on sait [1].

Relevons, en terminant, une grosse erreur dans les *Mémoires de Fleury* : M. Lafitte, l'auteur de cet ouvrage apocryphe, dit que *le Mariage de Figaro* fut joué chez la Reine devant le Roi, par la Reine *(Suzanne)* et le comte d'Artois *(Figaro)*. Il a confondu *la Folle Journée* avec son aîné *le Barbier de Séville,* qui fut en effet représenté sur le théâtre du Petit-Trianon, le 19 août 1785, en présence du Roi et de Beaumarchais lui-même, invité par la Reine, qui joua *Rosine.* Ce fut la dernière fois que Marie-Antoinette se donna en spectacle; l'infortunée souveraine ne devait remonter sur les planches que pour la sanglante et odieuse tragédie de la place de la Révolution [2]!

L'amour du pittoresque a entraîné M. Lafitte, et après lui M. Deschanel, plus loin qu'ils ne l'ont voulu sans doute; le spectacle inouï d'une reine jouant la comédie, — et quelle comédie ! — en pleine Affaire du collier, *quatre jours* après l'arrestation du cardinal de Rohan, et devant le Roi, qui naguère a interdit la pièce, cela fait bien dans un chapitre [3]. Ne semble-t-il pas au lecteur voir la frivole Autrichienne jouer avec la hache qui doit la frapper un jour? L'inconséquence de la Cour fut trop grande, en toute cette histoire, pour qu'il faille y ajouter encore. C'était assez

---

1. *La Folle Journée,* in-8°, de LVI et 237 pages. Ruault, Palais-Royal ; achevé d'imprimer pour la première fois le 28 février 1785.

2. Voici la distribution du *Barbier* à Trianon :

Rosine, Marie-Antoinette ; Figaro, le comte d'Artois ; Almaviva, le comte de Vaudreuil ; Bartholo, le duc de Guiche ; Bazile, M. de Crussol.

La mise en scène avait été faite par Dazincourt, professeur de comédie de la Reine.

3. Voir Émile Deschanel, la *Vie des comédiens,* p. 253.

des grands seigneurs et des magistrats battant des mains
à *Figaro*, qui bafoue la noblesse et parodie la magistrature;
c'était assez d'un roi accueillant le hardi frondeur d'abus
qu'il a fait emprisonner six mois plus tôt, sans nous montrer,
— pour le seul plaisir du contraste, — en plein Versailles,
dans ce palais tout plein encore de la majesté de Louis XIV,
un prince du sang, un roi futur récitant ce brûlant mono-
logue du cinquième acte, qu'on a si justement appelé :

La Préface de Quatre-Vingt-Treize.

Napoléon disait de Figaro que « c'était la Révolution
déjà en action ».

La Harpe écrivait : « Il est facile de concevoir les jouis-
sances et les joies d'un public charmé de s'amuser aux
dépens de l'autorité, qui consent elle-même à être bernée
sur les planches ».

La société d'alors semblait penser comme le Barbier :
« Vive la joie! qui sait si le monde durera encore trois
semaines »?

* 9 7 8 2 0 1 4 0 7 3 4 5 4 *